文芸社セレクション

コリー流短歌道場

コリー・ファルコン・スコット

Collie Falcon Scott

文芸社

目次

この文章には決して句点が登場しません（。のこと）…なぜなら、この文章は決して終わらないネバー・エンディング・ストーリーだから…

元号令和の出典が万葉集というわけで…平成から令和への代替わりの時は万葉集バカ売れしたらしいね…まぁ、令和出典の梅花の歌の序文が載ってる巻だけ売れてた…という説もあるけど…

でも、どんな機会であれ大勢の人に短歌に関心を持ってもらいたいですよ…俳句・川柳は辛口夏井先生とかサラリーマン川柳とかで結構ポピュラー感あるんだけど…

「ちはやふる」はマンガも映画も人気でたけど…でも、あれは競技かるたが主テーマだったという観があるからな…短歌はサラダ記念日以降、ちょっと元気ないからさ…コリー流短歌の楽しみ方で短歌、ちょっとおもしろいな…と感じていただけたら…

あっ…そうそう…万葉集には短歌だけじゃなくって…長歌という形式の歌もたくさん載ってるよ…ちなみに…和歌とは万葉集で使われている「やまとことば」で詠まれた短歌、狂歌は滑稽味をもった短歌…が定義（ほぼほぼ）だよ…

1　花泥棒

この桜　小枝折るのは　許さるか　病の母に　一目見せたく

「花泥棒は罪を問われない」という言葉は外国のエピソードをもとにした言葉だと思ってましたよ…でもでも…実は、京の都でさるお邸の桜があまりにも見事に咲いていたので、とある男が枝を折って持ち去ろうとしたところを…邸の主が見つけて、取り押さえたのですが…

その男はとっさに、桜があまりにも見事に咲いていたので…その見事さに心を奪われてしまったという心情を短歌に詠んだのです…邸の主人は歌の見事さに感心して男を赦したそうですよ…

自然や美しいものに対して愛おしいと思う気持ち、日本人は昔から大事にしてきたんだね…

でも…今はたとえ道端の花でもやりすぎバージョンで持ち去ったりしたら良くないよね…

そうそう…先日、とある保育園の前を通りがかったら…門の前に出ていたプランターに「お好きな花をお持ちください」って貼り紙が出ていましたよ…

子供の字だったので…園児たちが育てたのかな?…

空気を読む…という言葉が定着してきたのも2010年代も中盤過ぎくらい

2　短歌も俳句も

かな…でも、日本人は昔から…短歌や俳句では文字や言葉で表現されていない部分の心情や情景を想像することを楽しんできました…

まぁ、短歌じゃなくって俳句を例にしちゃうけど…松尾芭蕉の…

閑さや　岩にしみ入る　蝉の声

の俳句…鳴いてる蝉の種類はなんだと思いますか？　何匹の蝉が鳴いていると思いますか？…

たくさんの油蝉が長い時間鳴いている情景と一匹の蜩が一瞬だけ鳴いた情景では…情景はだいぶ違うよね…と思いませんか？…

同じ疑問を昔の人も感じたらしく、明治の歌人斉藤茂吉は実際に芭蕉がこの句を詠んだ出羽（山形県）の立石寺に出向いて…うん、油蝉だ…と断定したそうなんだけど…私の見解はチョット、違うんだな…

だって、立石寺でしょ…鳴いてた蝉はツクツク法師ですよ…

芭蕉翁　枝から落ちる　雪塊が　たてたる音も　しずけさなりや

歌意

芭蕉翁…大きな雪塊が落ちる時にたてたドサッという音も一面の雪世界のなかで聞いたら静かだと感じられるでしょうか…

立石寺…冬だから蝉は冬眠中…雪塊、ドサッ…

3　ホタル

我ホタル　闇夜に光る　君がため　迷わぬように　灯火になる

知人からこんな話を聞きました…その方は幼い頃に弟さんを亡くされているのですが…仲のよい姉弟で、夏に二人で飛び交うホタルを追いかけた思い出があるそうです…

社会人になって上京して暮らしだして数年目…何の変哲もない住宅街なのに…初夏、お宅に毎年ホタルが訪れるようになったそうです…

そして、社内で重要なポストを任されるようになってアメリカに赴任した一年目…今年はさすがにホタルには会えないな…と思っていたら…なんと、街路樹の影で一匹だけ光っているホタルが…きっと、強い思い入れは奇跡を起こすのでしょう…弟さんはいなくなってしまったわけではないのかもしれません…

ホタルに姿をかえただけなのかも…

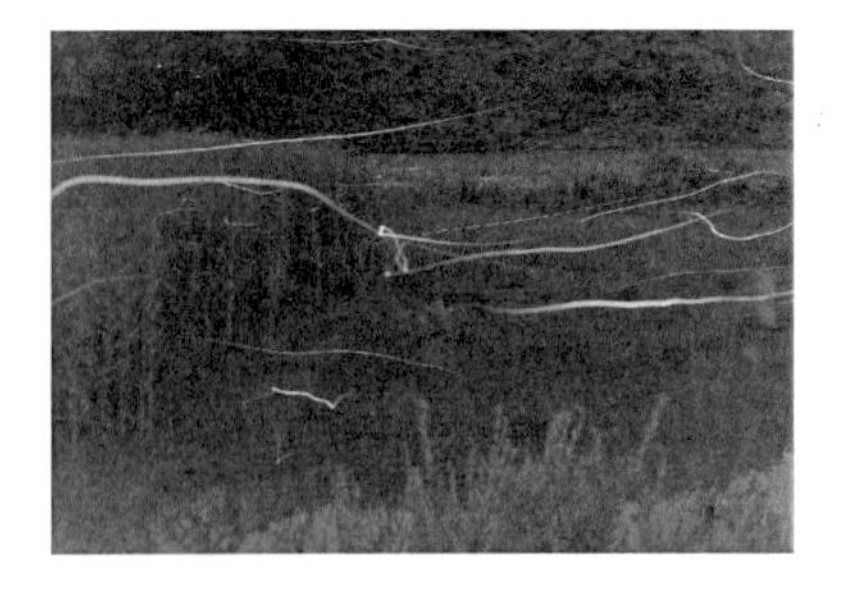

4　遠吠え

遠吠えは　心のふるえ　三日月が　我よぶ声に　こたえ続ける

昔、天才バカボンやもーれつア太郎なんかのアニメのアイキャッチで…月にむかって遠吠えするイヌ…というのが結構あった…という記憶があります…
今は救急車のサイレンにつられて遠吠えしちゃう以外には…月に向かって遠吠えしちゃうイヌはあんまりいないよね…もっとも、室内飼いのイヌが増えてることもあるかもしれないけどさ…
でも…オオカミたちは動物園で暮らしていても、遠吠えしているぞ…北海道の旭山動物園で実見しましたよ…イヌよりもまだ野性味が強いのかな…
でもでも…オオカミが遠吠えをする理由は…自分の存在を他の群れの個体に知らせて衝突を防ぐためのものなのだそうですよ…そのためにこっちで鳴くと

あっちでも鳴くという感じになるとか…

特に夜遠吠えをするのは、日中よりも個体識別がしにくくなるためだそうです…切なさや寂しさに衝き動かされて吠えているのかと思った…

5　短歌と和歌

前述のように…五・七・五・七・七の形式の歌は短歌…短歌のなかで、やまとことばで詠まれたものが和歌、滑稽味をおびた短歌は狂歌なんだけど…
和歌の技法のなかには「本歌とり」や「枕詞」などがあります…これはあくまでも和歌の技法だから、口語で詠まれた現代短歌にはこれらの技法を使うのは筋じゃないんだけど…
私なんかは遊び心でドンドンやっちゃえ…という感じなのですが…で、ちょっとやってみよう…元々和歌にだって言葉遊びという面もあるからね…

ちはやぶる　神代も聞かず　竜田川　からくれなゐに　水くくるとは

業平さんの歌ですな…こいつを本歌とりしてみましょう…

ちはやぶる　神代も聞かず　スカイツリー　流れる雲に　姿かくれて

おっ…歌意もリズムも整った歌になったぞ…でも…神代にはスカイツリーは存在するわけないので…チャンチャン…というオチだよ…

よし、オチない本歌とりもひとつ…鎌倉ノ右大臣（源実朝）の…

大海の　磯もとどろに　寄する波　割れて砕けて　裂けて散るかも

こいつは…

大海の　磯もとどろに　寄する波　蟹をさらいて　沖へいざなう

と詠んでみた…波が磯にいた蟹をさらっていってしまったので、自分はまた一人ぼっちになってしまったという歌意だね…

七・七の句の方を本歌とりをしてみると…

黒百合に　思いをはせる　政所　人に知られぬ　花やさくらむ

本歌は…紀貫之の…

みわ山を　しかもかくすか　春霞　人にしられぬ　花やさくらむ

なんだけど…実は貫之さんも万葉集の…

三輪山を　しかも隠すか　雲だにも　心あらなも　隠さふべしや

という歌の本歌とりをしてるんだよね…

ちなみに、黒百合の歌は越中（富山）を領していた佐々成政が当時ほとんど人に知られていなかった、立山だけに咲くという黒百合を贈ります…と秀吉夫人ねねに申し出た故事に対して、どんな花なんだろう…とねねが空想している様子を想像しました…

ちなみにちなみに…成政がねねに黒百合を贈るエピソードは司馬遼太郎さんの「豊臣家の人々」に収められています…

では、枕詞の方を…岩走る（いわばしる）は垂水や滝の枕詞なんだけど…こんな歌を詠んでみた…

いわばしる　垂水凍てつき　柱なす　瀑布にかえる　すべは何処に

歌意は…冬を迎え、滝の水も凍りついて柱になってしまいました…まるであなたと私の関係のようですね…元に戻る方法はあるのでしょうか…あるいは、私の人生は行き詰まってばかりです…どうやったら勢いを取り戻せるのでしょうか…というところですかな…あれ？…この歌、和歌になってるし我ながら出来がイイな…辞世の句とかのためにとっとけばよかったか?…

ところで…岩走るって…謂わば知るにかけているのかな?…

枕詞は後に続く言葉が決まってるんだけど…その後に続く言葉をならべちゃっても、歌意のある短歌になっちゃうことがあるんだよ…例えば、「ぬえどり(鵺鳥)の」という枕詞は後に続く言葉が「片恋ひ・のどよふ・心嘆く

（うらなく）」などなのですが…
　このうちの「のどよふ」は細々とした力のない声をだす、悲しげな声で泣く、
という意味です…

ぬえどりの　心嘆く片恋ひ　のどよふは　君の名つぶやく　我と同じか

6　俳句を短歌にしてみた

　自分の勝手な考えなんだけど…俳句と短歌は短いもの同士で通じるところ多いよね…と考えてます…ではでは…またまた遊び心で（いや、過去の偉大な俳人に敬意を表して）俳句につけたししちゃいましょう…
　加賀千代女の句…

朝顔に　つるべとられて　もらい水

これに七・七をたしてみよう…

朝顔に　つるべとられて　もらい水　隣の井戸の　つるべにマイマイ

字余りになっちゃったけどね…可憐なあさがおのためにもらい水をしたら、隣の井戸にもマイマイ（蝸牛）がいて、つるべ使ったらかわいそうだから…さらに隣の井戸に行った…というオチだね…

芭蕉の句でもやってみるぞ…

五月雨を　あつめて早し　最上川　鮎の遡上を　一人眺むる

とか…

五月雨を　あつめて早し　最上川　あなたのもとに　辿りつけずに

五月雨を　あつめて早し　最上川　はなれて眺め　川音きえる

ゆくすえは　誰が肌ふれん　紅花は

　の句にもやってみるぞ…

ゆくすえは　誰が肌ふれん　紅花は　うつろう花に　風ぞふきける

　とかできるね…芭蕉翁、千代女…敬意だからね敬意…　よし、川柳の本歌とりも…

円城寺　あれがボールか　秋の空　夕日をうけて　投げる赤鬼

もう一度、秋晴れの空の下の日本シリーズを観てみたいんだけどね…「円城寺…」の川柳は…元南海ホークスのエース、ジョー・スタンカ氏のテキサスのお宅にその句が書かれた色紙があります…スタンカさん自身もお名前を知らないさる日本のビジネスパーソンが置いていったそうです…

1961（昭和36）年ジャイアンツVSホークスの日本シリーズ…ジャイアンツの2勝1敗で迎えた第4戦…大詰めの9回（3-2でホークスのリード）、ホークスのエース、スタンカはツーアウト満塁でジャイアンツの4番宮本（当日のオーダーは長嶋3番、王5番）にワンボール、ツーストライクのカウントで決め球の大きく立てに落ちるカーブを投じました…

誰もが決まった…と思った瞬間、円城寺球審のコールは「ボール」…キャッチャー野村克也の猛烈な抗議でも判定はくつがえらず…

両軍、エキサイトしながらの再開初球、宮本は逆転サヨナラタイムリーを打ちました…

スタンカは日本を心から愛した外国人選手で…後年、自宅でくつろぐ時には浴衣を着ていることが多かったそうです…２０１８年10月に物故されていますが…２０２０年２月11日にお側に赴かれた野村克也さんとまた野球やっているのでしょうか？…

ちなみに、俳句と川柳の違いは…俳句は自然情景を詠んだもの（だから季語が入る）川柳は人の感情を表現したもの（ただ単に滑稽流俳句というわけじゃないんだね）だそうですよ…

有名な短歌・俳句・川柳を流用したり真似たりするのは短歌づくり入門段階ではわりと役立ちますですよ…言葉を並べるという作業を繰り返しているとそれがイメトレになって、なんとなく歌を詠んでる…ということ、結構ありますですよ…

7　百人一首のトレード

国学者、本居宣長は古事記の研究で有名ですが、和歌についての研究にも功績があります…自身もたくさん秀歌を詠んでいますが…

万葉集の膨大な和歌（約４５００首）を考察して、歌意の解釈だけではなく傾向や文法にも言及しています…「万葉集のなかの和歌で字余りの和歌は必ずといっていいほど、母音を含んでいる」みたいな、結構マニアックなところにまで、言及しています…

ところで、寝っころがってボーっとしながら百人一首を眺めていたのですが、こんなこと考えてしまいました…

百人一首の短歌どうしを合体させても意味の通る歌になる…

例えば

1番

秋の田の　かりほの庵（いほ）の　苫をあらみ　わが衣手は　露にぬれつつ

（天智天皇）

歌意『秋の田のほとりにつくった仮小屋の、屋根の苫の編み目が粗いので、私の着物の袖は露にぬれてゆくことだ』

2番

春すぎて　夏来にけらし　白妙の　衣ほすてふ　あまの香具山

（持統天皇）

歌意『春がすぎて夏がきたらしい昔から夏になると白い着物をほすという天の香具山に今年も白い着物が見えるよ』

（この章の『　』内歌意は京都書房　新修国語総覧による　以下同じ）

合わせます

秋の田の　かりほの庵の　苫をあらみ　衣ほすてふ　天の香具山

私の解釈

「秋、田のほとりにつくった仮小屋の屋根の苫の編み目が粗いので、小屋のなかで衣をほしていたら、編み目の向こうに天の香具山がみえる」

逆の合体

春すぎて　夏来にけらし　白妙の　わが衣手は　露にぬれつつ

私の解釈

「春が過ぎて夏がきたらしい旅の空で野宿をしたら、私の白い着物が夜露にぬれている」

この二首だけではなく、いろいろな組み合わせで新しい歌できますよ…

5番

奥山に　もみじふみわけ　鳴く鹿の　声聞くときぞ　秋はかなしき

（猿丸太夫）

『奥山で、散ったもみじの葉をふみわけて鳴く鹿の声を聞くときはとくに秋はもの悲しく思われることだ』

46番

由良のとを　わたる舟人　かじをたえ　ゆくえも知らぬ　恋の道かな

（曽禰好忠）

『由良の瀬戸を渡る船頭が、櫂をなくして行く先もわからず漂うように、行く末の不安な私の恋であるよ』

あわせます

奥山に　もみじふみわけ　鳴く鹿の　ゆくえも知らぬ　恋の道かな

歌意

奥山で、散ったもみじの葉をふみわけて鳴いていた鹿はどこかへ行ってしまって、ゆくえもしれない。まるで、恋の道と同じだ…

こんなことしてたら、かるた大会大混乱だよ…

8　海音寺さん

作家の海音寺潮五郎さんは短歌に造詣が深く、武将列伝や悪人列伝で歴史上の人物が詠んだ短歌をたくさん紹介してるんだけど…

夏井先生以上に辛口だよ…例えば…海音寺さんの著書、武将列伝の第一巻、平清盛の項では…清盛の父、忠盛の詠歌…

ありあけの　月もあかしの　浦風に　波ばかりこそ　よると見えしか

をとりあげ…『末梢的な言語遊戯に終始しているつまらん歌だが、これがこの時代のはやりの歌風だからしかたない』（『　』内は上書から引用）…と評してますが…言語遊戯っていうのは、月が明るい（赤い月という意味も含めてる？）というのと明石（の浜）及び波が寄るというのと夜を掛けている…ということなのかな？…

でもさ…海音寺先生…この歌…あり明けの月がでている明石の浜に風が吹いているよ…私の元に寄って来てくれるのは浜風が起こす波だけだよ…この夜も寂しかったよ…

という歌意でとらえれば…孤独な心をよく表してると思うぞ…しかも、赤い月はブラッド・ムーンだからなんとなく胸騒ぎを感じる月だぞ…いい歌じゃん…

刑部卿（平忠盛）へ返歌

あり明けの　月もあかしの　浦風に　あなたの手紙　破いてのせる

9　方言短歌

標準語だけでなく、方言で短歌を詠んでみよう…例えば関西弁…

来年も　ミナミで飲もうと　約束し　伊丹に向かう　ほなさいなら

たこ焼きで　ごはん食べるの常識や　うどんにだって　入っとるわい

奈良出張　大仏はんの　手の上で　踊り続ける　夢見てもうた

次は東北弁…

春霞　都会で一人　暮らすおど　帰り支度は　始めたんだか

出稼ぎで都会でくらしているおど（父さん）…こっちの山にも春霞がかかるようになりましたよ…帰り支度は始めましたか？…という歌意だね…

元気に帰ってくればイイよね…

10　パラボラアンテナ

住み慣れぬ　都会で道に　迷ったら　パラボラアンテナ　こいつを探せ

知り合いの大学生の女の子がこんなこと云ってました…
その人は東京の大学に通うために西日本のとある県から上京して一人暮らしをしているのですが…
ふるさとを旅立つ時、おじいちゃんが「パラボラアンテナは全部南西を向いているから道に迷った時はパラボラアンテナ探して目印にしなさい」…
そんなことを力説していたそうですが「おじいちゃん、道がわかんなかったら、スマホでふつーに探すよ」と思ったそうです…
おじいちゃんは今は引退していますが、ずっと電気工事の仕事をしてきた人なのだそうです…日本のＢＳやＣＳのパラボラアンテナは衛星からの電波を受信するために全部、南西を向いています…でもね、おじいちゃんが云っていたのはこういうことかもしれないよ…迷った道は人生…パラボラアンテナが向いている南西の空の方にはふるさとがあって、その空のもとには、君のことを思っている人たちがたくさんいる…

パラボラアンテナの向きは緯度によって異なるのですが、そういえば、外国に行った時、どっち向いているかな…と意識したことなかった…

それ以来、外国に出かけていないんだけど…衛星放送の静止衛星は各国ともに赤道上の東経110度あたりに静止してるんだって…最近知りました…

そうすると…オーストラリアでは北西、中東やヨーロッパでは南東ということだね…そんでもって…マレーシアあたりでは真上だけど…ここでは道しるべにはなりそうもない？…

11　だいだらぼっち

いつまでも　あなたの名前　口ずさむ　一人ぼっちに　なりたくなくて

一人ぼっちの「ぼっち」はフランス語の小さい「プチ」が変化したもの…または一人法師の「法師」が変化したもの…という説がありますが…

そういえば、ひとりぼっちの他にも「ぼっち」がつく言葉があるなぁ…「だいだらぼっち」だ…映画もののけ姫にも登場していましたね…

だいだらぼっちは山をも超える巨人（人？）で、その伝説は全国各地にあるそうですが、とりわけ長野に多い気がする…

山が多いからかな…高い山はだいだらぼっちが土を運んで、できたという伝説も多いし…でも、だいだらぼっち…神様（みたいな存在？）だけど、孤独じゃないのかな…

よく見かけるトイプードルは体重3キロくらいだけど…スタンダードプードルはポニーくらいの大きさ…心の準備が何もない状態で出会ったりすると、ドッヒャーってなる…だいだらぼっちかよ…って…

12　座敷わらし

ふるさとの　景色かわって　とまどって　たどる記憶も　少なくなって

三十年くらい前、長野県諏訪市の温泉旅館で…座敷わらしを見たことがあります…赤い着物を着た女の子で…旅館に着いたら、玄関のガラスの向こう側に立っていました…

でも、戸を開けようとして一瞬視線を落としたらもういませんでした…

その後、ネット検索してみたら…座敷わらしは男の子も女の子いて…女の子は赤い着物を着ていると出ていたんだけど…うん、あれは本物だったんだね…

宮沢賢治の故郷、イーハトーブの岩手県だけじゃなくって色んなところに座敷わらしはいるんだね…でもでも、最近めったにお目にかかれないのは…

座敷わらしにとって住みにくい世の中になっちゃったのか…我々現代人の目が曇ってきてしまっているのか?…一体、どっちなんだ?…

こんな感じだった…

13 ミラージュとファタモルガーナ

幻が　君の姿を　結ぶのは　心残りが　強いせいかも

ミラージュと聞いて何を思い浮かべますか？…三菱の車やフランス、ダッソー社の航空機の名前につけられていますが、もともとは幻覚とか蜃気楼という意味です…

蜃気楼といえば、日本では九州の不知火や富山の魚津が有名ですが、芥川龍之介の小説『蜃気楼―或は続海のほとり―』は湘南の鵠沼海岸に蜃気楼を見に行く…というお話です…

鵠沼海岸は地元に近いところなので、わりと足を運ぶところなのですが…ここで蜃気楼なんか見たことないぞ…今現在も時々、出現するのに…めぐり合わせがわるいのかな…蜃気楼は空気の層の重なりの温度差によって光の屈折が起こって出現します…そのうち、温暖化で蜃気楼、姿消しました…なんてことになったらやだなぁ…

14　禽獣

禽獣に　親を養う　ものありや　焼け野の象に　夜の猿なり

この短歌は「焼け野の雉夜の鶴」という諺をもとにしたものです…この諺は「巣のある野を焼かれると雉子（きじ）は身の危険を忘れて子を救い、寒い夜、巣ごもる鶴は自分の翼で子をおおう。子を思う親の情が非常に深いたとえ」という意味を持っています（三省堂　大辞林より）…

ヒトは親が子を思うと同時に子が親を思う気持ちを持ちます。しかし、それはヒトだけなのだろうか…と考えて、つくったものです…

ゾウを選んだのは、象は非常に仲間を思う気持ちが強いからです…家族を単位とした群れで生活していて、仲間が命を落とした時、お葬式のような儀式をするというエピソードもあります…なんとなく、焼け野は象が生活している草原をイメージする言葉のようにも思えました…

サルも家族愛の強い動物です…動物園の猿山でも微笑ましい光景を目にすることができます…

ちなみに、サルはもともと熱帯地方の動物なのですが、ニホンザルは世界で、最も寒い地域に生息しています…

私自身、ゾウやサルが親のために何かをする動物だという確証があるわけではないのですが、そういうこともあるんじゃないかなぁ…と考えてつくりました…

『シートン動物記』で知られるアーネスト・トンプソン・シートンは伝聞や観察によってその動物記をまとめました…そのなかで、ミズーリ川周辺の出来事として年老いた母オオカミ、ウォスカとその母を養うのシショッカのお話を紹介しています…

地獄谷　スノーモンキー　入浴中　雄は樹上で　見張り続ける

長野県地獄谷野猿公苑のサルは温泉に入るサルとして有名ですが、入浴をするのは、メスと子ザルなのだそうです…オスはいざという時に群れを守るためのとっさの対応をとれるように木の上で見張りをしているそうです…お父さんの仕事…

野猿公苑のサル、外国人観光客にも人気で…スノーモンキーの愛称で呼ばれているそうですよ…

15　青春のリグレット？

いつだって　同じあやまち　繰り返す　後悔だけが　重くなるのに

人生のなかで、ここで思い切って行動しないと一生後悔するかもしれない…というシチュエーションって結構あります…
やってみて後悔するかもしれません…でも、やらなかったことによって別の種類の後悔をずいぶんと長い時間ひきずることになるかもしれません…
高校生の頃、想いをよせていた人に一回も話しかけられなかったことがあるなぁ…違うクラスで一回も会話を交わしたことなかった…
3年生の1学期の期末試験が終わって、午前中授業になった時期、その人が自分のクラスの教室に一人だけでいたことがあります…暑かったけれど、風が気持ちいい夏でした…
窓際の席に座って、文化祭の会計委員の仕事をしていました…私も自分のクラスの委員だったので、すぐにわかりました…わりとめんどくさい仕事で、私はやっと書類をつくりあげて、本部に提出してきたところでした…

今なら、簡単に「手伝いましょうか」と云えるのになんであの頃はそういうふうにできなかったのかなぁ…

さて、不惑を超えてから、カプセルトイに凝っているのですが…その切っ掛けは週末通いのホームセンターにあるカプセルトイコーナー…それまで何十年とカプセルトイなんかやったことなかったのに…フト目をとめると「指光線」というアイテムが…
いっぺんに心を鷲掴みにされちゃったけど…いい年したオジサンがカプセルトイをしてたら…と、さんざん迷った挙句にクルリと振り切るように立ち去りましたよ…

翌週には…そこのカプセルトイコーナーからは指光線は消えていました…結構商品の入れ替えサイクルは早いのかなぁ…と思いつつ、でもネットで探して注文しなきゃ…という気も薄れつつあったところ…別の場所のカプセルトイコーナーで見つけてしまいました…

ここで、行動しないと後悔をすることになるかもしれない…人目を気にせずに回しました…

指光線…超兵器だそうです…

16　Do you remember?

海岸で　アイスクリームを　食べようよ　国道一号　自転車でゆく

朝ラーメンが自分のなかでもフツーになったのはほんの2・3年前の出来事です…その頃、よく立ち食いソバのあるお店で朝ごはんというのがマイブームだったのですが…そのお店の食券販売機の一番上の真ん中のボタンはラーメン…一番目立つ場所にあるから気になって気になって（滅多に出ないからその場所だったのかもしれないけど）…

でもでも…なんとなく朝からラーメンはなぁ…とずっと躊躇していました…何度かラーメンのボタンを押そうとしましたが、スタープラチナみたいなパワータイプのスタンドが現れて…私の右手をガシッと掴むのでした…

でもでも…その日スタンドは現れませんでした…一口食べて…うわぁ〜とい

う思いがひろがりましたよ…子供の頃、片瀬江ノ島の海の家で食べたラーメンと同じ味だ…

まぁ、工場でつくられた材料をあっためて、盛り付けるだけ…ということなら、同じような味になっても不思議ではありませんが、子供の頃の情景を思い出しましたよ…

人は多くて、海の水もあんまきれいではなかった（最近はだいぶきれいになってます）けれど、空は青くて波の音はやさしかったなぁ…クラブみたいな音楽流している海の家もなかったし…I remember it all…

17　どうやって短歌つくればいいの？

キーワードになる言葉を少しずつ飾っていく…というか一枚一枚服を重ねていってコーディネートを完成させるイメージ…

例えば…街を歩いていたらビルとビルの狭間で咲いている桜に気づいたとしましょう…へぇー、こんなところに…と思いますよね…よし、この儚い姿を歌に詠んでやろう…と思うよね…この場合キーワードはビルの狭間にしようかな、というのはわりとすぐに思いつくよね…ビルの狭間なんだから「ひっそりと」という言葉を添えるとなんとなくしっくりとくるよね…ビルの狭間でひっそりと桜が咲いている…この段階で五・七・五を気にすると…

桜咲く　ビルの狭間で（にでもイイかも）　ひっそりと

かな…第三句は字足らずだけど無理に五音にするとリズム感壊すからこのままの方がイイよね（伸ばす音は一音に数え、詰まる音は数えません）…

後は下の二句をどうしようかだけど…ビルの狭間なんだから、あんまり見る人はいないよね…誰にも見られることないのに…振り返ってもらえないのに…どうしてこんなに綺麗に咲いているのだろう…と自然の思えるから、そのまま…

桜咲く　ビルの狭間で　ひっそりと　誰にみられる　こともないのに

というように、わりとかんたんにつくれちゃうのでは…キーワードをコーデしていく…わりと有効かも…それと…6章の「俳句を短歌にしてみた」や7章の「百人一首のトレード」なんかは…前述の通り実は短歌のリズム感なんかを養う結構有効な手段なのです…繰り返しやっているうちに自然に体が覚えてしまうかもしれません…

18　喜んで着てあげられなくてゴメン

セーターに　ハートの模様　編み込んだ　今年の冬は　これで乗り切れ

最近、めっきり見なくなったものの一つに…電車のイスに座って、あるいは病院の待合室とかで編み物をする女性…やっぱスマホがこれだけ普及したからかな…

一昨年物故した私の母は編み物の先生をやっていてさ…小さい頃は色んな手作りセーターを着せられていました…まぁ、子供に自分の作ったセーターを着せてあげたいという愛情モードと新作の習作という二つの面があったんだと思うんだけど…子供心にセーターはチクチクしてヤダ…という気持ちがあって（昔の毛糸はあんまり質が良くなかったのかな）小学校の後半から高校卒業間際まで、セーターは全然着なかったよ…

そんでも…受験勉強していた冬に…母は久しぶりに編んでくれましたよ…そのセーターは全然チクチクしなかった…母ちゃん、高価な毛糸をつかってくれたのかな…

19　フォークダンス

彷徨うて　火の粉のように　舞い続け　戻れる場所は　何処にもなくて

　フォークダンスって、小学校や中学校の運動会でやった記憶しかないんだけど…なんとなくキャンプに行ってキャンプファイヤー囲みながら…というイメージがあるんだけど、一体なんでだ？…ドラマやマンガのシーンが刷り込まれたりしちゃっているのかな？…

　フォークダンスのマイムマイム…子供たちはサビの部分を…マイム♪マイム♪マイム♪マイム♪マイム出臍！　とやるのは結構、全国区ですが…マイムマイムは元々イスラエル民謡で…本当の歌詞は「マイムベッサンソ！」なんだそうですよ…意味は…砂漠のなかで湧き水を見つけた喜びの叫びだそうです…

ところで…私の知り合いに…真由美さんという女性がいらっしゃるんですが…「私なんか毎年毎年、マユミデベソ！…と男子にやられてた」…と嘆いておられました…

20　時々帰る

長男が　盆に帰らず　親不孝　せめて彼岸は　顔を出さねば

今まで、たくさんのイヌと一緒に暮らしてきたけれど…十代のはじめから終わりにかけて、マルチーズ親子と暮らしました…母イヌは外国人の家にいたんだけど…その人が帰国することになったので我が家で引き取りました…

子イヌの方は我が家で生まれて10年程、一緒に暮らしました…一緒に生まれた何頭かの兄弟姉妹のなかで一番小さかったので彼だけ家に残しました…マルチーズの成犬はだいったい3キロくらいなのですが、彼は大人になっても1・5キロくらいにしかなりませんでした…彼が息を引き取った時、庭にあった紅葉の元に埋葬しました…ちょうど、僕の部屋のすぐ前に紅葉はあって…紅葉の前は曇りガラスだったんだけど…

ある年、秋も深まった頃に…枝が揺れている様子が…彼が語りかけているような感覚にとらわれたことがあります…

そういえば…その出来事の前…お別れしてから暫くは彼が使っていたホーロー製のドッグフードボウルを縁台に置いていたんだけど…冷たい雨が降るある日…そのお皿がカラカラなってる…カリカリのドッグフード食べてる時みたいに…

あれっ、帰ってきたの？…と思って、急いで見に行ったら…雨だれがお皿に落ちる音でした…でも、本当に…ポタン、ポタンという感じではなくカラカラカラという音でしたよ…

お盆の時期にはご先祖様たちが帰ってくるけど…ワンコも帰りたくなって、時々帰ってくるのかもしれないな…


そうそう…お盆といえば精霊馬…ナスやキュウリに割り箸で足をつけたアレ…ご先祖さまが乗って帰ってくるというアレ…子供の頃、この時期に祖父ちゃん祖母ちゃんの家に行くと…日が暮れた後、いつの間にか精霊馬が縁台に並べられていました…

あれ、なんでナスとキュウリなんだろうね…昔の人はナスやキュウリに何か霊的なものを感じていたのかな？…それとも、ちょうどこの時期が収穫期で沢山あまっていたからなのかな？…

精霊馬…夜のうちは家の中の方を向いていたけど、朝になると外側に頭を向けていたのは…朝早くに祖父ちゃん祖母ちゃんが向きを変えていたのかな？…

それとも、ご先祖さまが「じゃあ、そろそろ帰るよ」と馬に乗っていってしまったからなのか…一体、どっちなんだろう?…

21　恐竜

恐竜の　化石の眼窩　どこ睨む　戻らぬ時間　戻らぬ記憶

恐竜の化石を初めて見たのは…二十歳を少し超えた頃なのですが…触ってみたらビックリポンでしたよ…化「石」という名前だから…その名の通り石のような手触りだと思っていたんだけど…木材のような感じでした…高級なマホガニーみたいな感じかな…高級なマホガニーなんか触ったことないけど…

でもでも…コンコンと叩くとノックみたいな音がしましたよ…これは化石をクリーニングしてより保存性を確保するための強化処理のためにこんな感触になるのですが…

展示場には私一人だけしかいなかったんだけど…そこかしこに虚空が漂っていて…この音は虚空に吸い込まれるように消えていきましたよ…

22　カップラーメン…

カップとコップの違いはご存じですか？…飲み口が小さくて深さのある容器がコップ、飲み口が広く浅い容器がカップなんだそうだけど…

最初に登場したカップ麺、日清のカップヌードルは深さのある容器の方だよね…でも、これがコップヌードルだったら…あんまり美味しそうじゃないよなぁ…

このコップとカップの定義…取っ手がある容器がカップ、ない容器がコップ…というのもあるそうなんだけど…

こっちの定義でもカップラーメンはコップラーメンだよな…日清で商品開発をした人たち…商品名をカップにしたのは本当にグッジョブだよ…安藤百福さんが命名したという説もあるけど…

頬一すじ　つたう涙は　冷たいか　グラスについた　しずくのごとく

うーん…ワイングラスはコップなのかカップなのか?…ビールジョッキはコップなのかカップなのか迷うぞ…

23　走る汽車の屋根の上で

ベランダが　夏の陽射しで　焼けている　猫も思わず　モンローウォーク

我が家のイヌ、最近散歩の時、歩道脇の10センチくらい高くなってるコンクリートのところを歩くのがマイブームみたいです（歩道と植樹なんかをわけてるところ）…細長い通路みたいに見えているのかな…

細長い通路、欧米では「キャットウォーク」、日本では「犬走（いぬばしり）」と云われています…日本ではとりわけお城の堀端のお城の内側部分を犬走と云っています…

ネコやイヌしか通れない狭さというわけですが…軍用の艦船や航空機なんはいろんな設備を設置しなければいけないので、自然に通路が狭くなります…そんな通路はキャットウォークと云われています。劇場の前のイスと後ろのイスの間の狭い通路なんかもキャットウォークですね…

その他には昔の列車、貨車なんかの天井にある歩ける部分（元々は停車している時に屋根掃除するためのものなんだろうけど…）あれもキャットウォークです…

そういえば、よく映画なんかで轟轟と走る列車のキャットウォークで戦うシーンがあったりするけど、あれ、よく落ちないもんだと思ったものです…インディジョーンズとか…なんかこつがあるのかな…

モンローウォークでキャットウォーク歩いてますよ…

24　若い人たちへ

時刻表　次の発車は　二時間後　ホームのベンチ　迫る夕闇

若い頃、よく計画なんか立てないで色んなとこ旅したもんだけど…切符買った後に…えっ、こんなに待つの？　と知った時なんかは泣きたくなりましたよ…

とある土曜日の朝…神保町駅のA５出口の階段を登りきったところに…リクルートスーツの女の子がいて…私の顔を見ると、地団駄踏みながら…「め、明治大学ぅ～」とうったえてきました…

あぁ、就活セミナーかなんかに行く予定なんだけど遅れそうなんだね…道わかんないんだね…

神保町はホームタウンだから近道当然知ってるけど…近道なんかで行ったら、

なんかそこでまた迷いそうだから一番オーソドックスで左折一回だけで行ける道順を教えてあげましたよ…
暇だったからさ…一心太助みたいに…「おう、お嬢ちゃん遅れそうなんだね、ついてきな！」ってやった方がいいかな…とも思ったけどさ…知らないオジサンについて行くのはチョット危ないからね…

２０１５年の４月、丸の内線西新宿駅のホームのベンチに座ってパンをほおばっている女の子がいました…こちらもリクルートスーツで…その年はちょうど就職活動の会社訪問が４月解禁で…分刻みの就活スケジュールこなしていたのかな…ひたむき感でてたからさ…思わず応援したくなっちゃいましたよ…
君たちの努力は…直ぐにじゃないかもしれないけど…いつか必ず大事な糧になって次に新しいことを始めなければいけない時に強い自信になっているはずですよ…

それにしても…就活中でリクルートスーツの若い人…男子学生よりも女子学生の方が目立つのは何か理由があんのかな？…

男子学生君たちとの思いではこんなことあったな…2013年の3月25日、北の丸公園を散策していて…この年は桜の開花が早く既に満開を迎えていました…

牛ヶ淵（清水濠）にかかった橋を渡ってる時（あの橋の名前、は思い出せない…）、スーツ姿の若い男性三人組に声をかけられました…「武道館と桜が入るように写真撮ってくれませんか…」ちょうど、その日は日本大学の卒業式が武道館で行われていました…彼らはこのまま立ち去ってしまうのはあまりにも残念だ…という感じで桜を眺めていたのでしょうか…それとも、写メ撮ってくれる人通りかかんないかな…と待っていたのかな？…

大学時代の仲良し三人組の記念なんだね…任務重大だ…と思いながら、スマホのボタン押しましたよ…あの時の三人組、君たちの友情は続いているかい？…

25　若い人たちへ2

剣道で　ママに勝てない　悔しいぞ　塾をさぼって　秘密特訓

　我が家のイヌの散歩をしていたら…アルミホイルにくるまれたでっかいまん丸おにぎりが遊歩道に落ちていました…なんでおにぎりってわかったかというと、アルミホイルのはじっこがほんの少しちょん切れていて中身が見えていたから…

　これは完全に手作りおにぎりってわかるけどさ…何でこんなところに落っこちているんだろう?…という場所に落ちていましたよ…

　もしかして、誰かが捨てたの？　という状況でしたよ…もし、そうなら誰がどうして捨てたの?…学校や塾、行きたくなくってさぼっちゃったけど親にバレないようにお弁当に持たせてくれたおにぎり捨てちゃったのかな?…

単純に親のことが煩わしかったのかもしれないけど…親に心配をかけたくはなかった…というパターンかもしれない…
もしそうなら…親にはたくさん心配をかけさせてもイイんだよ…親も君も、もっと年をとった時に今度は君が親の心配をたくさんして親の面倒をいろいろ見ることになるかもしれない…だから今のうちは親に色んな面倒をみさせればいいし、たくさん心配をかけさせればいい…今は怒ったり文句を云ったりする親も…遠い将来は君に頼り切りになるはずだよ…
まぁ、あくまでも親がつくってくれたおにぎりを子供が捨てちゃったという前提でということだことだけどね…もしかしたら、出かける間際に夫婦ゲンカしたダンナがニョーボの力作を…えいやってやっちゃったのかもしれない…それはそれで問題だけど…

26 神保町

前章で触れたけど…神保町…ホームタウンです…本が好きなので30年くらい通ってますよ…神保町の駅から地上にでるためには（地下鉄だからね…）主に二系統の出口があります…

九段下側（専大通り）と神田側（白山通り）です。前者にはA1・A2・A3出口、後者にはA4・A5出口なんかがあります…

長年通っていて、つい最近驚愕してしまったことがあります。A3出口を出て、九段下の方に目を向けると、靖国神社の大きな鳥居と森の向こうに巨大な鉄塔が見えます…

あんなのいつできたの？　宇宙人が建てたの？？　蜃気楼見てるの？？？

？？？状態になりながらもストリートビューで見てみたら…たぶん、市ヶ谷の防衛省のビルの上にあるアンテナ用の鉄塔です…

行政機関は災害などの非常時、電話なんかが通じなくなってしまった時、通信手段を確保するために強い無線通信の施設を設置しています…特に防衛省は強力なものが必要なんだろうな…

日比谷公園から霞ヶ関の方を見て、屋上にアンテナを設置してあるビルは○○省かなと思って間違いないです…防衛省のやつは特に巨大だけど…

件の鉄塔、九段下側の出口だと、街路樹とビルの影に隠れて、見ることができません。いままで神田側の出口はあんまり利用していなかったので、気づかなかった…

同じ風景でも角度を変えてみると、全然違ってくることがあるんだな…

ふるさとの　街並みかわり　戸惑うが　山並みだけは　今もかわらず

27　ジ・エンペラー・オブ・ジャパン

香水の　名前になった　夜間飛行　翼の灯り　闇に消えてく

ＮＨＫのバラエティー番組「日本人のおなまえっ！」は…初期の頃はその名の通り、苗字や名前がテーマでしたが…そのうち、地名も扱うようになり（でも、地名は名前と密接に関係するけどね）…

さらに、その後はネタが尽きたのか視聴者の関心をより広範にしようとしているのか…山手線は「ヤマノテセン」か？「ヤマテセン」か？…とかもやるようになりました…

もし、ネタが尽きたんなら…天皇の名前をぜひテーマにすればいいのに…後奈良天皇と後水尾天皇はいるのに奈良天皇と水尾天皇がいないのはなぜ？…とかね（実は平城天皇の別称は奈良天皇で清和天皇の別称が水尾天皇なんだけどね）…

あっ、天皇にはおくり名と諱があるけどさ…後鳥羽天皇の諱は尊成、後醍醐天皇の諱は尊治なんだけど…鎌倉幕府を倒そうとした人と倒した人の名前が似ているのは何か関係あるのかないのかとか…

そういうのも面白いとおもうんだけどな…そうそう…天皇だけではなく、近現代の男性皇族では「仁」の字が通字になっているけど…最初にこの字を使った人は…第56代とされる清和天皇です…諱は惟仁（これひと）…それまでに即位しなかった親王や王のなかで仁の字を用いた人はいるかもしれないけど…皇位を踏んだのはこの清和天皇が最初…

でもでも、すぐに定着したかというとそういうわけじゃなくって…次にこの字を用いた天皇は60代の醍醐天皇…しかしながら、醍醐天皇の諱「敦仁」の読み方は「あつぎみ」なんだよね…だから、読み方も「ひと」の仁を用いた名は…66代の懐仁、一条天皇です…

70代の後冷泉天皇以降は「仁」の通字が続くんだけど…後鳥羽天皇（82代）

で一旦途切れます…その後は北朝初代の光厳天皇以降は全員「仁」…この字はよっぽど縁起がイイということなのかな？…

ちなみにちなみに…歴代8人の女帝のお名前は…33代推古天皇：額田部（ぬかたべ）、35・37代［皇極・斉明］天皇：宝（たから）、41代持統天皇：鸕野讃良（うののさらら）、43代元明天皇：阿閉（あへ）、44代元正天皇：氷高（ひだか）、46・48代［孝謙・称徳］天皇：阿部（あべ）、109代明正天皇：興子（おきこ）、117代後桜町天皇：智子（としこ）…だそうです…うーん…持統天皇、キラキラネーム？…

昭和天皇崩御の時、FEN（Far East Network、極東放送網　現AFN：American Forces Network、米軍放送網）のアナウンサーが…「ジ・エンペラー・オブ・ジャパン、ヒロヒト　ハズ　パスド　アゥエイ」とアナウンスしていました…

そうだよな…現代は世界中でエンペラーは日本の天皇だけなんだよな…と感じたものでしたよ…

ちなみに…has passed away は直訳すると遠くへ行ってしまった…という意味ですが…has deadedを使うよりも敬意を込めた表現です…

28　ウィー・ディドント・ストップ・ザ・ファイヤー

ドナルド・キーンさんが生前とあるテレビでコメントしていました…「日本の学校ではなぜもっと古典を教えないのですか」…

万葉集にこんな短歌があります…

信濃路は　今の墾道　刈株に　足踏ましなむ　沓はけわが背　詠み人知らず
（しなのじは　いまのはりみち　かりばねに　あしふましなむ　くつはけわがせ）

解釈についての説は色々あるのですが…だいたい私は次のような感じです…
詠んだ人：夫を防人として徴兵された妻…だから庶民…あずまうたとされているので、東国に住んでいる庶民…
歌意：防人として筑紫の国に赴くあなた（歌中の背は夫のこと）、信濃は山国なので、木の切り株を踏んで足を怪我しないように沓をはいてください…
万葉集の昔の頃、日本のある女性はこんなふうに短歌で夫に愛を伝えていたんだね…
いつの頃から、日本人はパートナーに、素朴に愛を伝えることが苦手になっちゃったけどね…

この歌、最も好きな歌の一つなんだけど…この前、こんなこと考えちゃいましたよ…

・そもそも本当に女性が詠んだのか？　教養のある男性（たとえば都の貴族）が女性のふりして詠んだのかも…なりすましだよ…

・庶民が信濃という国がどんな国かということを知っていたかどうか？…

・庶民だと沓なんかはけないかも…

・「沓はけ」という部分は「あなたが沓をはいてください」なのか「あなたが乗っている馬が切り株を踏まないように、馬に沓をはかせてください」なのか…

・そうすると、馬に乗れるようだとますます庶民ではない可能性がある…

うーん…でもでも、短歌って三十一の文字または音から「自分が」何を感じるかというものだからな…

ところでさ…短歌も詩の一種であるはずなのに…何で、短詩じゃなくって短歌なんだ?…それはね…五・七・五・七・七に並べられた言葉を吟じる時、私たちは自分のイメージしたメロディーにのせて吟じているからなのですよ…

声にだしても…心の中でも…ウキウキしながら…チョットへこみながら…

でもでも…我々日本人は千数百年も短歌で自分の気持ちを表現してきたのです…大切な人に伝えるために…自分自身の存在証明のために…そういった文化は未来永劫続いてほしい…新しい短歌が次から次へと生まれていってほしい…心に響く短歌がいつまでも残っていってほしい…チョットだけでもホッコリできる短歌が残っていってほしい…そうすれば、うれしかった気持ちは大事な思いは思い出になってずっととどまるかもしれない…辛かったり悲しかったりする気持ちはほんの少し昇華するかもしれない…
私も…これからもずっとずっと詠み続けますよ…
ちなみに…ビリージョエルの曲 We Didn't Start The Fire（邦題、ハートにファイア）は…
熱いものが地球が回り始めてからずっと続いているという内容だった気がするけど…それと同じような気持ちですよ…

29　日本の夏と冬

そういえばテレビ番組の夏のホラー番組と冬の忠臣蔵ドラマってさ最近見かけないぞ…有料ケーブルテレビの時代劇チャンネルやホラーチャンネルじゃフツーにやってるんだろうけどさ…地上波のことね…

それに、時代劇自体全然やってない…2021年の3月現在、時代劇はテレビ朝日の朝の4時、暴れん坊将軍だけじゃないのか?…

大河ドラマはフッーに根強い人気を誇っているのにな…それとも大河は時代劇ではなくて、あくまでも大河というジャンルなのかな?…

夏のホラー番組はさ…夏は暑いからゾゾッとなるためにやってた…という説もありますが…エアコンが普及していなかったからかな?…でも、稲川淳二さんが活躍していたのは21世紀になってからでしょ…エアコンなんか充分に普及してたわけだからなぁ…稲川さんの活躍は夏＝ホラーというイメージだけで企画してみたらなかなかウケたよということなのかな?…

昔は12月になると毎年忠臣蔵テーマの作品を放映していた気がしますが…実は赤穂浪士の討ち入りは新暦だと1月なんだけどね…やっぱり、日本人の美意識としては赤穂浪士の討ち入りは新暦になっても12月じゃなくっちゃいけないんだろうな…

　そんな忠臣蔵の番組がすっかり地上波から消えてしまったのは何故なんだろう？…ちなみに…アメリカでの12月は…夫は妻へのクリスマスプレゼントとして鼈甲の櫛を買うために時計を売り…妻は夫へのプレゼントとして時計の鎖を買うために髪を売っった…あのお話『賢者の贈り物』がテレビ番組の定番だったんだけど…

　こちらの方もテレビ番組としては最近はめっきり珍しくなってしまったそうです…舞台・演劇なんかでは残っているのかもしれないけれど…なんとなく消えていってしまうものの中にはいいものがたくさんあるのになぁ…

クリスマス　冷たい雨は　夜更け過ぎ　歌のとおりに　雪にかわった

30　龍之介

家蜘蛛は殺してはいけない…という云い伝えがあるけれど…ダニやノミを捕食してくれるからだそうですよ…
ある日の朝、出かける前に机の上に持ってく物を並べていたら…小さな蜘蛛がチョロチョロっと出てきて…私の方を見てます…「やぁ、昨日はありがと」って云ってる感じでした…
昨夜…自室に置いてあるイヌ用のウォーター・ボウルの中で（水、入ってた）…なんか、溺れてるみたいで脱出できなくて困ってた蜘蛛を…ペン先にヒョイとのせて救出しましたよ…
前夜の蜘蛛と同じ蜘蛛だったのは背中の模様でわかりましたよ…イヌやネコとの心の交流は日常的だけどさ…クモと心の交流が果たせたのなんか…はじめてですよ…その蜘蛛に…芥川龍之介の蜘蛛の糸にちなんで龍之介と名付けたの

ですが…数年の間、私の周りをチョロチョロしていました…

邯鄲の夢が　持ってた　リアリティ　目覚めた後は　薄れ続けて

31　バックナンバー

今までにだいたい二千種くらいの短歌をつくりました…歌のバックボーンに思いをはせていただきたいものをピックアップしてみました…よろしければ、ご一緒に短歌ワールドを廻りましょう…

葉桜に　なって久しい　はずなのに　このひとひらは　どこから落ちた

　桜の季節も終わってしまって随分前に葉桜になったような気がしていたのですが…一枚だけ落ちてきた花びらはどこに隠れていたのでしょうか…目立たなくても今までずっと頑張ってきた人を思い出しました…

新緑に　遮られたか　残り花　見上げてみても　姿見せずに

　まだ新緑の間には花が残っているはずなのにそのなかなかその姿を見せません…風が吹く度に花を隠すように枝が揺れます…盛りを過ぎた恥ずかしさなのでしょうか…

公園の　目抜き通りは　石畳　木陰のベンチ　あなたとランチ

お金をかけてレジャーにでかけなくても…近所の公園に出かけてみるだけでも、あなたと一緒ならささやかなピクニック気分が味わえるものです…

律儀にも　風が吹くたび　散らずとも　川面にうつる　花の饗宴

移ると映るをかけているんだね…律儀に風が吹く度に散ってしまっていたら段々と寂しくなっていってしまいます…せめて川面くらいは散り行く様子は映さなくてもいいのではないでしょうか…

吹き抜ける　風も思わず　ためらうか　桜の花を　さらうことなく

さりげない気遣いなのでしょうか…手助けが必要な方に対しても…「何かお手伝いしましょうか」という言葉をかけること…さりげなく見守ること…両方必要なんだろうね…

行くべきか　戻るべきかも　わからずに　轍に沿って　とぼとぼ歩く

アスファルトには轍はできないよ…

月あかり　障子照らして　目が覚める　軒の氷柱も　影絵になって

月あかりが障子に映し出した氷柱の影がまるでもののけの爪のようです…

雨音が　止んだ理由は　銀世界　月の明かりを　眩しく照らし

止まらない涙は…えいやっと思い切って凍らせてしまうというのも一つの手なのではないでしょうか…その後には意外と静寂が訪れるかもしれません…

雨だれが　屋根打つ音の　大きさに　桜の花が　気が気でなくて

ノーサイド　笛と同時に　倒れ込む　短い芝の　痛み今でも

早稲田ジャージでお散歩なのだ…

ノーサイド　芝生の上に　倒れ込む　体に刺さる　葉先のいたみ

地下鉄の　車内空調　冷房だ　地上は真冬　北風が吹く

都会の電車はなぜこんなに暑いのでしょうか…故郷の電車はどんなに暖房が効いていても凍えるような寒さです…窓ガラスからは降り積もった雪の冷たさがジンジンと伝わってきます…

たてがみを　風になびかせ　駈け抜ける　人馬一体　最終レース

最近の競馬場は家族づれで楽しめるところだよね…

一度だけ　二人ならんで　おさまった　写真のなかで　君は微笑む

もっとたくさんあなたの写真を撮っておけばよかった…

冷蔵庫　保存タッパー　いっぱいだ　留守の間に　母さん来たの

好物詰まってた…

江ノ電の　椅子のぬくもり　夢の国　僕にもたれる　君の黒髪

故郷の　たった一つの　無人駅　旅立つ人の　ほうが多くて

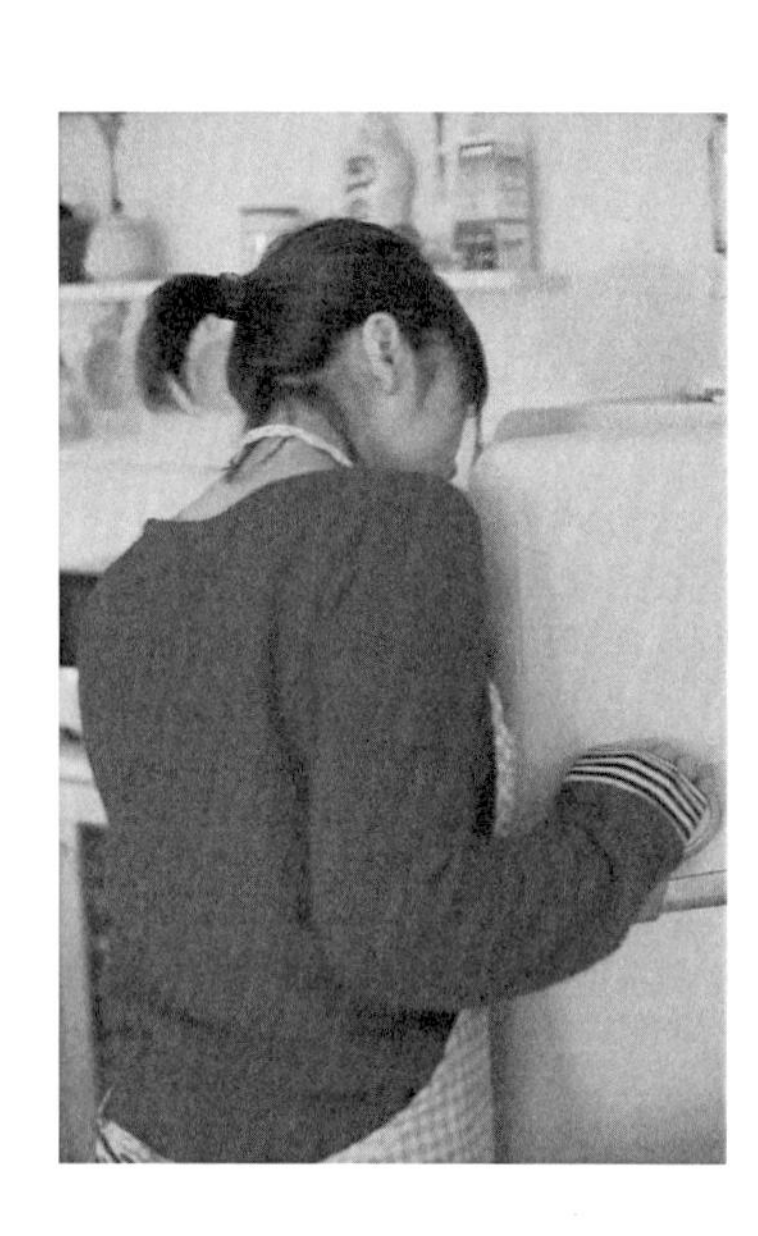

私は何人の友人がここから都会へ旅立っていく姿を見送ったでしょうか…いつの間にか故郷はとても寂しくなってしまいました…せめて、夏休みや年末の里帰りの時期くらいは懐かしい人たちを迎えたいものですが…そうしないと、いずれこの駅舎も朽ちていってしまいます…

あの人は　線香花火　無理をして　はじける度に　小さくなって

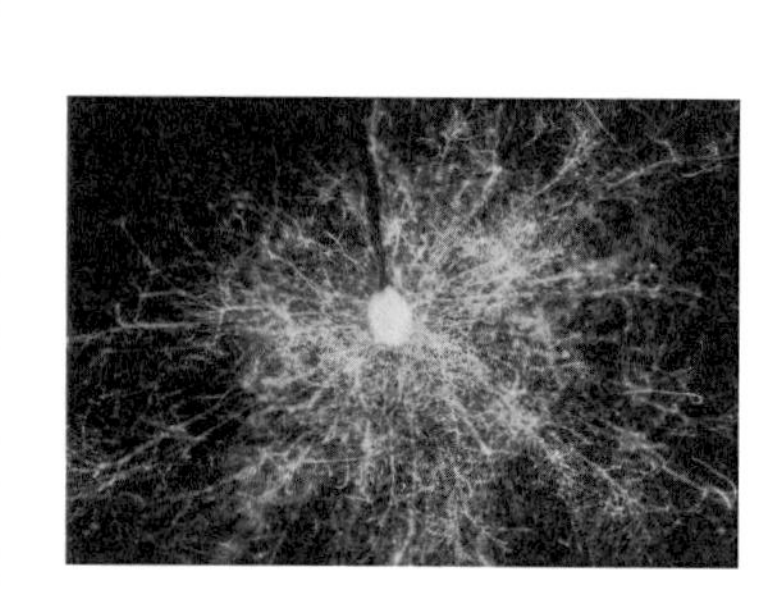

決して大きな花は咲かせることは出来ないけれども、あなたがずっと誰かのために尽くしてきたことはよく知っています…もう、あまり無理はしないでください…

『日常の歌』

プランター　幼い手書きの　メッセージ　お好きな花を　お持ちください
バーゲンに　ダンナ連れてく　計画を　さとられ逃げられ　一人地団駄
里帰り　いっぱい話せて　よかったね　一人暮らしの　母のひとこと
休日の　ホームセンター　定期便　園芸コーナー　いつもくぎづけ
学校に　持ってく雑巾　買わないぞ　ママに教わり　自作するのだ
出雲より　神さま急いで　帰途につく　霜月師走　大忙しや
軽トラの　荷台にスイカ　満載だ　今年も上出来　家庭菜園
長男が　盆に帰れず　ため息を　人もまばらな　都心さまよう
猛虎打線　打って打って　打ちまくれ　六甲おろしを　うたってやるぜ
伝統の　一戦だけに　好勝負　のどを嗄らして　六甲おろし
猛虎打線　打って打って　打ちまくれ　六甲おろしが　ドームに響く
東洋の　魔女と呼ばれた　人たちと　同じ年代　ママさんバレー

東洋の　魔女と呼ばれた　人たちの　孫の世代か　ママさんバレー
その本に　夢中になってた　あかしだね　奇麗なしおり　忘れているよ
スピッツの　唄に誘われ　宇宙旅行　床屋のイスに　座ったままで
ふるさとの　味がなつかし　年越しの　そばのレシピを　母にたずねる
この季節　ふとんの中には　猫がいる　狭い部屋でも　踏んで歩くな
公園の　目抜き通りは　石畳　木陰を見つけ　午後ティーあける
夏なのに　パウダースノウ　かき氷　銀のスプーンで　サクサク音が
ふるさとの　街なみかわり　戸惑うが　山なみだけは　今もかわらず
ふるさとの　景色かわって　とまどって　たどる記憶も　少なくなって

『四季の歌』

鳴く蝉は　暦のかわり　知らぬゆえ　長月なれど　今日も休まず
すずらんを　あつめてつくる　花筏（いかだ）　縄手の横の　小川に放つ
晴れ渡り　風が香ると　感じる日　花をゆらせた　残り香だろうか

さえずりは　無事にすごした　お知らせか　去年と同じ　鳥の訪れ
梅香る　季節はいつかと　問われれば　真夏の天日を　浴びる実思う
雪どけは　何も告げずに　始まって　かけら一つも　残さず終わる
春霞　紫色は　一瞬で　山肌だけを　彩るだけで

『恋の歌』

軒下に　ガラスの風鈴　つるしとく　君のおとない　風がしらせる
粉雪が　君のコートに　舞い落ちる　とけゆく様子　しばし眺める
ほお骨に　人差し指を　あてがって　君の涙を　堰き止めようか
ゆかた着た　君の黒髪　ゆらしてる　風の旋律　ワルツと同じ
わたされた　缶コーヒーの　ぬくもりを　両手でかかえ　逃がさぬように
五月雨に　ぬれてしまえば　泣き顔を　あなたに見せず　さよならできる
恋い焦がれ　あなたのこたえ　まだだから　ラストダンスは　いまだ踊らず

『魂の歌』

しきたえの　こけむす岩を　枕とし　蝶はねむりて　羽を休める
時刻表　つぎの発車は　二時間後　ホームのベンチ　せまる夕闇
くいしばり　涙ながして　飛ぶよだか　願いどおりに　星になったか
さよならの　仕草もまねる　影法師　君の背中に　そっと手をふる
君がでる　夢のかけらを　集めたら　巡り合えたり　出来るだろうか
音楽の　続く限りは　踊るんだ　羊男の　言葉が響く
ライト線　ポトリと落ちた　決勝打　それでも追うか　あきらめきれず
もう二度と　会えない人の　面影が　瞼の裏に　毎晩うつる
こな雪を　つま先だって　背伸びして　掴んでみても　何も残らず
夕暮れが　地面に落とす　影さえも　母より長く　涙を流す
あの人は　たった一人で　駆け抜けた　何を願って　何を信じて
さ迷うて　火の粉のように　舞い続け　何処に行くのか　定めもつかず

先人の短歌・俳句は現代風のわかりやすい文字表記にしました…

コリー流短歌道場

2022年 6 月15日　初版第 1 刷発行

著　者　コリー・ファルコン・スコット
発行者　瓜谷 綱延
発行所　株式会社文芸社
〒160-0022　東京都新宿区新宿1－10－1
電話　03-5369-3060（代表）
03-5369-2299（販売）

印　刷　株式会社文芸社
製本所　株式会社MOTOMURA

ISBN978-4-286-23730-5